LEKTÜRE HILFE

Der Bourgeois gentilhomme

Molière

LEKTÜRE
HILFE

Der Bourgeois gentilhomme

Molière

Verfasst von Vincent Jooris
Übersetzt von Gerda Fischer

DER QUERLESER

Auf derQuerleser.de findest Du:

Zahlreiche verständliche und detaillierte Lektürehilfen in Nullkommanichts in digitaler Version oder als Taschenbuch.

MOLIÈRE

FRANZÖSISCHER DRAMATIKER, SCHAUSPIELER UND LEITER EINER THEATERGRUPPE

- **Geboren 1622 in Paris**

- **Gestorben 1673 in derselben Stadt**

- **Einige seiner Werke :**

  - *Dom Juan* (1665), Komödie

  - *L'Avare* (1668), Komödie

  - *Le Malade imaginaire* (1673), Ballett-Komödie

Molière (eigentlich Jean-Baptiste Poquelin) war Autor, Regisseur, Theaterleiter und Schauspieler. Er wurde in Paris geboren und gehörte zur wohlhabenden Bourgeoisie. Schon früh wandte er sich dem Theater zu und gründete mit der Schauspielerin Madeleine Béjart (1618-1672) die Theatergruppe „Illustre-Théâtre" (1643-1645). Nach 13 Jahren als Wandertheater in der Provinz kehrte er nach Paris zurück, wo König Ludwig XIV. (1638-1715) auf ihn aufmerksam wurde, ihn in seine Dienste nahm und unter seinen Schutz stellte.

Molière schrieb hauptsächlich Komödien, in denen er unter dem Deckmantel des Lachens die Fehler seiner Zeitgenossen (Kostbarkeit, Pedantismus, Geiz usw.) aufdeckte und bestimmte Mitglieder der Gesellschaft des 17. Jahrhunderts kritisierte (autoritäre Väter, falsche Frömmler, Scharlatanerieärzte usw.).

Am 17. Februar 1673 wurde er während einer Aufführung von Der *eingebildete Kranke* auf der Bühne *krank*; Molière starb noch am selben Abend in seinem Haus. Seine zahlreichen Stücke üben noch heute einen großen Einfluss aus und machen ihn zu einem der wichtigsten Autoren des klassischen Jahrhunderts.

DER BOURGEOIS GENTILHOMME

MONSIEUR JOURDAIN ODER DER GRÖSSENWAHN

- **Genre:** Komödie-Ballett

- **Referenzausgabe:** *Le Bourgeois gentilhomme*, *Le Médecin malgré lui*, Paris, Maxi-Livres, 2005, 158 S.

- **1. Ausgabe:** 1670

- **Themen:** Bourgeoisie, Arriviertheit, Lächerlichkeit, Parvenus, sozialer Aufstieg, Bildung

Der Bourgeois gentilhomme wurde 1670 erstmals vor dem Hof Ludwigs XIV. aufgeführt und ist eine Ballettkomödie von Molière, in der sich die Musik von Jean-Baptiste Lully (französischer Komponist italienischer Herkunft, 1632-1687) mit Tanzeinlagen von Pierre Beauchamp (französischer Tänzer und Ballettmeister, 1631-1705) vermischt.

Der reiche Bürger M. Jourdain ist ein Emporkömmling. Er ist vom Größenwahn gepackt und möchte in die Aristokratie aufgenommen werden. Er versucht, die Manieren des Adels zu erlernen (durch Privatunterricht bei Meistern), umwirbt eine Marquise und sucht einen adligen Schwiegersohn. Doch es gelingt ihm nur, von allen verspottet und betrogen zu werden.

Dieses sehr berühmte Stück, ein Vorläufer des Musicals, wurde seit seiner Entstehung tausende Male aufgeführt, was es zu einem unverzichtbaren Klassiker macht. Es wurde auch mehrfach für Film und Oper adaptiert.

- 8 -

ZUSAMMENFASSUNG

ERSTER AKT

Szene I

Der Musikmeister und der Tanzmeister freuen sich, Herrn Jourdain als Schüler zu haben, denn obwohl er nur über wenig Wissen über den Adel verfügt, bezahlt er sie gut. Neben dem Geld, das er verdient, genießt der Tanzmeister auch das Lob, das er für die Ausübung seiner Kunst erhält, da es seinem Ego schmeichelt.

Szene II

Herr Jourdain kommt an. Die beiden Meister bewundern scheinheilig sein Outfit und machen ihm viele Komplimente – obwohl ihr Gast in Wahrheit nur mit einem Morgenmantel und einer Mütze bekleidet ist.

Herr Jourdain hört sich dann ein Ständchen an, das der Schüler des Musikmeisters komponiert hat, und findet es schwermütig. Er stimmt dann ein leichtes Liedchen an; die beiden Meister machen ihm Komplimente und jeder versichert ihm die Unentbehrlichkeit seiner Kunst.

Die Szene endet mit einem musikalischen Intermezzo, das von drei Musikern komponiert wurde und Herrn Jourdain sehr gut gefällt.

ZWEITER AKT

Szene I

Herr Jourdain beweist die Grobheit seines künstlerischen Geschmacks, indem er zugibt, dass er die Marine-Trompete mag, ein Instrument, das dafür bekannt ist, einen unmelodischen Lärm zu machen. Er ist damit einverstanden, dass bei ihm einmal pro Woche ein Musikkonzert stattfindet, da dies laut dem Musikmeister bei feinen Leuten üblich sei.

Herr Jourdain kündigt dann die Ankunft der Marquise Dorimène für denselben Abend an. Daraufhin möchte er lernen, wie man einen Knicks macht.

Szenen II und III

Der Waffenmeister kommt hinzu. Herr Jourdain demonstriert seine Ungeschicklichkeit (indem er sich gegen einen einfachen Florettangriff nicht verteidigen kann) und spricht Unsinn (indem er versteht, dass ein Mann, wenn er die richtigen Handgelenkbewegungen beim Schwingen des Floretts machen kann, sicher ist, dass er nicht von seinem Gegner getötet wird).

Als der Waffenmeister seinerseits die Überlegenheit seiner Kunst behauptet, bricht ein Streit zwischen den drei Lehrern aus. Herr Jourdain versucht, dazwischen zu gehen, aber niemand schenkt ihm auch nur die geringste Aufmerksamkeit.

Der Philosophielehrer erscheint und versichert, dass es die Philosophie ist, die alle Fächer beherrscht. Der Streit entbrennt erneut und Herr Jourdain, der es leid ist, ignoriert zu werden, lässt die beiden gegeneinander kämpfen.

Szene IV

Nach dem Streit beginnt der Philosophielehrer seine Vorlesung mit einem lateinischen Zitat („*Nam sine doctrina vita est quasi mortis imago*": Ohne Wissenschaft ist das Leben ein Abbild des Todes), das der Bürger zu verstehen vorgibt, um gebildet zu wirken. Der Meister fragt ihn daraufhin, was er lernen möchte. Herr Jourdain weigert sich, sich mit Logik, Moral und Physik zu befassen, da er sie für langweilig und uninteressant hält; damit beweist er, dass er die lateinische Redewendung seines Gesprächspartners überhaupt nicht verstanden hat.

Herr Jourdain zieht es vor, die Rechtschreibung zu lernen. Der Magister der Philosophie beschließt daraufhin, ihm eine Lektion über Vokale und ihre Aussprache zu erteilen – was ziemlich weit von seinem Lieblingsgebiet entfernt ist. Sein Gastgeber wiederholt die Vokale auf schamlose und lächerliche Weise.

Am Ende der Stunde bittet der Bürger den Lehrer, ihm zu helfen, ein paar Worte zu schreiben, um die Marquise zu verführen. Da zeigt er eine neue Facette seiner Unwissenheit: Er weiß nicht, was Prosa ist. Er besteht darauf, dass der Philosophielehrer ein ähnliches Wort wie «belle marquise, vos beaux yeux me font mourir d'amour» schreibt: Er hat den Zettel für Dorimène noch nicht geschrieben und möchte, dass der Lehrer ihn abändert, um ihn so wirkungsvoll wie möglich zu machen. Dieser schlägt Alternativen vor, bevor er zugibt, dass die ursprünglich von Herrn Jourdain ausgesprochene Formulierung die beste ist. Dieser brüstet sich damit, dass er diese Formulierung aufgrund seines natürlichen Talents gefunden habe.

Szene V

Der Schneidermeister kommt, um seine Bestellung abzuliefern. Herr Jourdain beschwert sich, dass seine Strümpfe ihn verletzen, und als man ihm ein Kleidungsstück vorlegt, auf dem die Blumen verkehrt herum abgebildet sind, äußert er sein Erstaunen. Der Schneider macht seinen Fehler wieder gut, indem er ihm versichert, dass vornehme Menschen die Blumen so tragen, was eine dreiste Lüge ist, um in der Gunst des Bürgers zu bleiben. Von da an erklärt sich Monsieur Jourdain sofort bereit, das Kleidungsstück zu tragen.

Die Schneiderjungen, die dem Meister assistieren, verwenden edle Ausdrücke, um sich an Herrn Jourdain zu wenden («gentilhomme», «votre Grandeur»), was ihm schmeichelt: Um sie zu belohnen, gibt ihnen der Bürger Geld.

DRITTER AKT

Szenen I bis III

Herr Jourdain macht einen Spaziergang, um seine neuen Kleider zur Schau zu stellen. Nicole, das Dienstmädchen, lacht über seine lächerliche Aufmachung. Herr Jourdain kündigt ihr an, dass am selben Abend Gäste kommen werden, was sie in ihrem Lachen unterbricht und ihr die Laune verdirbt.

Frau Jourdain kommt hinzu und tadelt ihren Mann wegen seiner Träume vom Adel; sie versichert ihm, dass sich viele Leute über ihn und sein Verhalten lustig machen. Nicole beschwert sich über die zusätzlichen Pflichten, die die Parade des Meisters mit sich bringt. Verärgert beschuldigt Herr Jourdain sie ihrer Ignoranz und versucht, sein Wissen zu demonstrieren, indem er auf seine Aussprache verweist.

Frau Jourdain beklagt auch, dass ein Herr Dorante sich ständig Geld von ihnen leiht: Im Gegensatz zu ihrem Mann glaubt sie nicht, dass er es jemals zurückzahlen wird.

Szenen IV und V

Dorante kommt hinzu und schmeichelt M. Jourdain von Anfang an. Er verspricht, seine Schulden zurückzuzahlen und schafft es, noch mehr Geld zu erhalten: M. Jourdain wird erneut getäuscht, denn er kann einem Mann, der dem König von ihm erzählt und ihn mit Komplimenten überhäuft, nichts abschlagen.

Dorante sucht Lucile, die Tochter der Familie Jourdain, weil er sie sehen möchte. Frau Jourdain lässt sich von seinen scheinheiligen Schmeicheleien nicht täuschen und rüffelt ihn auf humorvolle Weise.

Szene VI

Dorante bestätigt die Ankunft der Marquise Dorimène: Er spielt den Heiratsvermittler. Er betont, dass Frauen gerne mit Geschenken überhäuft werden. Herr Jourdain, der hofft, die Marquise zu verführen, vergewissert sich, dass seine Frau zum Abendessen nicht zu Hause ist, um sich selbst vor Peinlichkeiten zu schützen. Nicole spioniert das Gespräch für Frau Jourdain aus, aber die beiden Männer verlassen die Bühne, sobald sie sie bemerken.

Szene VII

Nicole erstattet Frau Jourdain Bericht. Diese ist von der flatterhaften Seite ihres Mannes nicht überrascht und stört sich nicht daran. Sie möchte vor allem, dass ihre Tochter deren Verehrer Cléonte heiratet. Sie befiehlt Nicole, ihn herbeizurufen, damit er um Luciles Hand anhält.

Szenen VIII bis X

Nicole gelangt zu Cleonte. Er und sein Diener Covielle wollen nichts von dem hören, was sie zu sagen hat, und verjagen sie prompt. Tatsächlich beschweren sich beide Männer, dass sie zuvor bei einer zufälligen Begegnung übergangen wurden: Cléonte von Lucile und Covielle von Nicoles Geliebtem. Dennoch bleibt Cléonte in Lucile verliebt, und Covielle ist ebenso in Nicole verliebt.

Diese erzählt Lucile dann von dem schlechten Empfang, den sie bei Cléonte erhalten hatte. Die jungen Frauen versuchen, das Missverständnis aufzuklären, und ihre Verehrer hören sich schließlich ihre Erklärungen an: Sie wurden von einer alten Tante begleitet, für die die bloße Annäherung eines Mannes ein junges Mädchen entehrt. Die beiden Paare versöhnen sich.

Szenen XI bis XV

Cléonte macht Lucile einen Heiratsantrag, aber Herr Jourdain lehnt den Antrag des jungen Mannes ab, weil er kein „Edelmann" ist. Cléonte steht jedoch auf der gesellschaftlichen Leiter auf derselben Stufe wie die Familie Jourdain.

Es kommt zu einem Streit zwischen Herrn und Frau Jourdain über die Interessen der Familie: Frau Jourdain möchte, dass ihre Tochter einen Mann desselben sozialen Ranges heiratet; Herr Jourdain hingegen möchte seine Tochter zu einer Marquise machen.

Cléonte ist verzweifelt, aber Covielle hat einen Plan, um Monsieur Jourdain zu überzeugen: Sie ziehen sich zurück, um darüber zu diskutieren, während Monsieur Jourdain, der allein zurückbleibt, bedauert, dass er nicht als Adliger geboren wurde.

Szenen XVI bis XX

Dorante und Dorimène werden angekündigt. Während sie sich unterhalten, versteht man, dass Dorante die Geschenke von Monsieur Jourdain als seine eigenen ausgibt und dass er die Marquise heiraten will. Diese ist übrigens von seinen Geschenken beeindruckt, mit denen er um sie wirbt, weiß aber nicht, dass Dorante von geliehenem Geld lebt und sie manipuliert.

Herr Jourdain unterbricht sie. Dorante rät ihm diskret, nicht über den Diamanten zu sprechen, den er ihm geschenkt hat, damit seine Täuschung nicht auffliegt. Der Akt endet mit der Ankunft des Lakaien, der die Protagonisten zu Tisch bittet.

VIERTER AKT

Szene I

Das Abendessen findet mit musikalischer Untermalung statt. Dorante schreibt sich Dorimène gegenüber die Lorbeeren zu. Herr Jourdain ist trotz seiner üblichen Unbeholfenheit zuvorkommend. Am Tisch vermeidet Dorante das Thema *Diamant* sorgfältig, aber Dorimène erkennt M. Jourdains Ritterlichkeit, was Dorante verärgert.

Szenen II bis IV

Frau Jourdain ertappt ihren Mann dabei, wie er Dorimène schmeichelt. Als Dorante behauptet, der Auftraggeber des Essens zu sein, glaubt Herr Jourdain, der zu naiv ist und unter dem Einfluss des Grafen steht, dass er ihn deckt. Aber es geht ihm nur darum, seine Interessen bei der Marquise zu wahren.

Frau Jourdain lässt sich nicht täuschen und apostrophiert alle. Dorimène, die die Situation nicht versteht, geht verärgert hinaus. Dorante begleitet sie nach Hause. Herr Jourdain verlangt von seiner Frau eine Entschuldigung, aber ohne Erfolg. Sie lässt ihn allein und wütend zurück.

Szenen V bis VIII

Covielle tritt als Türke verkleidet ein. Er stellt sich als Freund von Herrn Jourdains Vater vor: Um sein Vertrauen zu gewinnen, lässt er ihn glauben, sein Vater sei ein edler Gentleman und kein Kaufmann gewesen. Dann verkündet er, dass der Sohn des Großtürken Lucile heiraten möchte. Damit diese Verbindung zustande kommt, muss Herr Jourdain jedoch zu einem „Mamamouchi" – ein von Molière erfundener Ehrentitel –, einem türkischen Adligen, gemacht werden.

Natürlich stimmt dieser zu. Dann kommt Cléonte, der ebenfalls als Türke verkleidet ist. Covielle fungiert als Dolmetscher. Die Zeremonie der Erhebung in den Adelsstand ist ein musikalisches Intermezzo und beinhaltet Stock- und Säbelhiebe. Dorante wird von Covielle über den Betrug aufgeklärt, der über seinen Einfallsreichtum lacht.

AKT V

Szenen I bis III

Frau Jourdain bittet ihren Mann um eine Erklärung für seine Verkleidung als Türke. Dieser regt sich auf und spricht türkisch. Seine Frau hält ihn für verrückt. Dorante unterstützt Cléontes Maskerade und nutzt die Gelegenheit, um Dorimène zur Heirat zu überreden: Sie will nicht mehr, dass er Ausgaben tätigt, um ihr den Hof zu machen. Der Graf beglückwünscht auch Herrn Jourdain, der sich für das Verhalten seiner Frau entschuldigt und seine Tochter herbeiholt, um sie mit dem Türken zu verheiraten.

Szenen IV bis VI

Herr Jourdain stellt Lucile ihren zukünftigen Ehemann vor. Zunächst weigert sie sich, ihn zu heiraten, aber als sie Cléonte erkennt, willigt sie schließlich ein. Sie gibt diesen Sinneswandel als plötzlichen Ausdruck des Wunsches aus, ihrem Vater zu gefallen – was diesen sehr erfreut.

Szene VII

Frau Jourdain ist strikt gegen die Heirat, aber als Covielle sie über den Betrug aufklärt (indem er sie beiseite nimmt und ihr seinen Plan verrät, ohne dass Herr Jourdain es hört), willigt sie schließlich ein.

Dorante kündigt auch seine Hochzeit mit Dorimène an, was die Eifersucht von Frau Jourdain besänftigt. Herr Jourdain wiederum glaubt, dass es sich um einen Trick handelt, und lässt es geschehen, da er immer noch hofft, die Marquise heiraten zu können. Außerdem verspricht er Covielle die Hand von Nicole. Es wird also eine Dreifachhochzeit geplant.

Während sie auf den Notar warten, vergnügen sich alle und betrachten das Schauspiel, das zu Ehren der Gäste aufgeführt wird: das *Ballett der Nationen* (spanisch, italienisch und französisch). Dieser Teil dauert allein schon so lange wie die Komödie.

UNTERSUCHUNG DER CHARAKTERE

HERR JOURDAIN

Der reiche Tuchhändler M. Jourdain hat praktisch keine Bildung. Er träumt davon, wie ein Adliger zu sein, kennt aber nicht die Manieren eines solchen. Er gibt viel Geld aus, um die Sitten und Gebräuche der Adligen zu erlernen, Beziehungen aufzubauen und sich dem Hof anzunähern. Sein Hauptziel ist es, die Marquise Dorimène zu verführen, um gesellschaftlich aufzusteigen.

Er ist extrem leichtgläubig und wird schnell von Betrügern entdeckt, die ihn um viel Geld bringen. Der naive, eitle und ungeschickte Monsieur Jourdain erregt manchmal Lachen - auf seine Kosten - und manchmal Mitleid, z. B. wenn er die verschiedenen Anweisungen der Lehrer mit einem mehrfachen „Äh?" quittiert, das sein völliges Unverständnis ausdrückt.

Aber Monsieur Jourdain ist nicht naiv. Um seinen Plan zu verwirklichen, misstraut er allen, denn er weiß, dass er beobachtet wird. Und tatsächlich ist er das Objekt aller Blicke - der Blicke seiner Ausbeuter, der Blicke der Diener, der Blicke seiner Frau etc. -, die oft böswillig, spöttisch oder tadelnd sind.

Diese allgegenwärtige Figur des verwöhnten Kindes trägt das gesamte Stück. Molière selbst spielte diese

Rolle, die in den folgenden Jahrhunderten auch anderen Schauspielern zum Erfolg verhalf.

FRAU JOURDAIN

Die Ehefrau von Monsieur Jourdain verleugnet ihren Status als Bürgerliche nicht. Sie verkörpert den gesunden Menschenverstand und die Ordnung gegenüber der exzentrischen Verrücktheit ihres Mannes. Dessen Verirrungen machen sie hilflos, zumal er sie von seinen Plänen ausschließt. Sie bezeichnet ihren Mann mehrmals als „verrückt", was ihre Hilflosigkeit angesichts der Enormität ihrer Bestrebungen verdeutlicht.

Frau Jourdain unterstützt immer das, was sie für richtig hält – z. B. lehnt sie es ab, dass ihre Tochter den Türken heiratet (von dem sie nicht weiß, dass er Cléonte ist) – und weiß auch die Interessen ihrer Familie zu verteidigen, wenn sie bedroht sind: Sie misstraut z. B. Dorante, weil sie befürchtet, dass er ihren Mann übers Ohr hauen könnte.

Schließlich erzeugt diese Figur einen Kontrast, der für die Ökonomie und die Komik des Stücks nützlich ist: Denn je vernünftiger und besonnener Frau Jourdain wirkt, desto lächerlicher und leichtgläubiger wirkt Herr Jourdain:

> „MADAME JOURDAIN – *Ja, er hat Güte für Sie und streichelt Sie, aber er leiht sich Ihr Geld.*
>
> MONSIEUR JOURDAIN – *Nun, ist es nicht eine Ehre für mich, einem Mann von diesem Stand Geld zu leihen? Und kann ich für einen Herrn, der mich seinen lieben Freund nennt, weniger tun?*

DORANTE

Dorante stellt sich als Graf vor, aber ist er das auch wirklich? Dieser Zweifel zieht sich durch das ganze Stück, ohne jemals ausgeräumt zu werden. Zwischen M. Jourdain und der Marquise Dorimène fungiert er als Vermittler und Heiratsvermittler: Er gibt die Äußerungen – manchmal in abgewandelter Form – dieser beiden Gesprächspartner, die nicht direkt miteinander sprechen, weiter.

Doch hinter der Fassade sind seine Absichten eindeutig egoistisch, und er hat keine Achtung vor Monsieur Jourdain, den er seit langem betrügt. Dorante ist ein geschickter Manipulator und Lügner, der Jourdains Sehnsüchte und seine Schüchternheit für seine eigenen Zwecke ausnutzt. Er erpresst skrupellos Geld von ihm – indem er vorgibt, seinen Aufstieg zu unterstützen – und verführt Dorimène an seiner Stelle, indem er dessen Geschenke als seine eigenen ausgibt.

DIE MEISTER

Bei Monsieur Jourdain gibt es rund um die Uhr Meister, die alle Experten in ihren jeweiligen Bereichen sind: Tanz, Musik, Fechten, Philosophie und Kleidung. Diese Disziplinen muss man als Adliger beherrschen, wenn man gut dastehen will.

Die Meister ziehen aus Herrn Jourdains Obsessionen einen großen finanziellen Nutzen. Aus diesem Grund sind sie in seiner Gegenwart besonders verschmitzt und zuvorkommend. Er ist nicht Teil ihrer Welt, versteht ihre Codes nicht, hat nicht die Raffinesse, die Intelligenz oder auch nur die Geduld, um die verschiedenen Künste auszuüben, die sie unterrichten:

> „...] Er ist wahrlich ein Mann, dessen Licht klein ist, der über alle Dinge falsch redet und nur gegen den Strich applaudiert; aber sein Geld richtet die Urteile seines Geistes gerade. Er hat Einsicht in seinem Geldbeutel." (1. Akt, 1. Szene)

Sie sind unehrliche Profiteure, die sich untereinander sinnlose Streitereien liefern, in denen jeder die Überlegenheit seiner Disziplin behauptet und in denen sie sich vor allem als mindestens so dumm wie Monsieur Jourdain erweisen. Alles in allem ist das Bild, das sie vom Adel zeichnen, also kaum schmeichelhafter als das, das Herr Jourdain von der Bourgeoisie zeichnet.

DORIMÈNE

Die Marquise Dorimène ist eine launische Witwe, die M. Jourdain zu verführen versucht, um von ihrem Titel zu profitieren. Zu diesem Zweck ruiniert er sich mit üppigen Geschenken, aber er hofft auch, ihr durch seinen edlen Geist zu gefallen. Während des Abendessens, zu dem er sie eingeladen hat, scheint Dorimène ein wenig Interesse an dem Bürgerlichen zu zeigen – was Dorante stört.

Sie wird nicht nur von M. Jourdain, sondern auch von Dorante getäuscht, da er sie glauben lässt, dass alle Geschenke von ihm stammen. Dorantes List funktioniert jedoch, da sie am Ende des Stücks kurz davor steht, ihn zu heiraten.

DIE JUNGEN BÜRGER: LUCILE UND CLÉONTE

Lucile ist das einzige Kind der Familie Jourdain. Sie verkörpert das Stereotyp eines zerbrechlichen, verliebten und naiven jungen Mädchens. Ihre Mutter ermutigt sie, Cléonte zu lieben, während ihr Vater ihr eine Ehe aufzwingen will, die seinen eigenen Interessen dient.

Cléonte wiederum verkörpert ein anderes Klischee: das des jungen, integren und ehrlichen Premiers; er ist der unsterbliche Liebhaber, der alles tun würde, um seine Geliebte zu verführen.

Das Liebespaar, das einander versprochen ist – und am Ende des Stücks doch noch heiratet –, ist ein wiederkehrendes Element in den Komödien der klassischen Epoche.

DIE HAUSANGESTELLTEN: NICOLE UND COVIELLE

Nicole ist das Dienstmädchen von Frau Jourdain. Als Frau aus dem Volk erlaubt sie sich, über die Extravaganzen ihres Herrn herzhaft und ungeniert zu lachen. Covielle, der Diener von Cléonte, ist auch Nicoles Liebhaber. Er ist von Natur aus pragmatisch und listig und entwickelt eine List – die Erfindung des Großtürken –, um seinem Meister zu helfen.

Auch Dienstboten tauchen in klassischen Theaterstücken immer wieder auf. Durch diese Figuren gewann Molière die Sympathie und Zustimmung eines populäreren Teils des Publikums.

SCHLÜSSEL ZUM LESEN

EINE BALLETTKOMÖDIE

Ohne auf Farcen zu verzichten (*Sganarelle ou le Cocu imaginaire* [1660]; *Les Fourberies de Scapin* [1671]), spezialisierte sich Molière auf Sittenkomödien: Er karikierte offen die Schwächen der Gesellschaft seiner Zeit, auch wenn er damit Polemiken auslöste (*Les Précieuses ridicules* [1659]; *L'École des femmes* [1662]; *Le Tartuffe ou l'Hypocrite* [1664]; *Dom Juan*; *Le Misanthrope* [1666]; *L'Avare*). Vor ihm galt die Komödie als ein Genre, das der Tragödie (die damals von den Autoren der Antike inspiriert war) weit unterlegen war; dank seiner beeindruckend erfolgreichen Stücke erlangte das Genre seinen Adelsbrief.

Molière war zusammen mit Jean-Baptiste Lully auch der Erfinder eines neuen Genres: der Ballett-Komödie, dem Vorläufer des Musicals, für die *Le Bourgeois gentilhomme* und *Le Malade imaginaire* wohl die repräsentativsten Beispiele sind – dieses Genre existierte außerhalb der Produktionen von Molière und Lully von 1661 bis 1671 nicht wirklich.

Die erste Ballettkomödie war *Les Fâcheux* aus dem Jahr 1661. Es war damals schon üblich, komödiantische Einlagen in Ballette einzubauen, um den Tänzern Zeit zum Umziehen zwischen den Szenen zu geben, aber Molières Neuerung bestand darin, dass er eine Kontinuität zwischen den getanzten und den gespielten

Passagen herstellte. Tatsächlich werden Ballettkomödien bei ihrer Entstehung so zusammengestellt, dass sie in ein Ballett passen: Im Fall von Le *Bourgeois gentilhomme* folgt auf das Stück das *Ballett der Nationen*.

Die Ballettkomödie nutzt die gleichen komischen Triebfedern wie die kanonische Komödie (Gesten-, Situations-, Charakter- und Wortkomik), fügt aber Gesangs- und Tanzmomente hinzu. Die Ballett-Komödie ist nicht mit der Ballett-Oper zu verwechseln: Während letztere sich mehr in der Handlung verzettelt, folgt die Ballett-Komödie einer einzigen Handlung und hält sich nicht mit Nebenhandlungen auf. Ihr zentrales Thema dreht sich sehr oft um die Frage der Heirat von zeitgenössischen, gewöhnlichen Personen, die das Alltagsleben der damaligen Zeit repräsentieren.

Im Jahr 1670 gab König Ludwig XIV., der stets nach Unterhaltung lechzte, bei dem Musiker Lully ein Ballett (damals eine Aufführung mit Tanz und Gesang) in Auftrag. Zunächst wurde Molière nur gebeten, die wenigen Texte des Librettos zu verfassen. Doch Molière wollte sich nicht damit begnügen, Türken „kauderwelschen" und Diener tanzen zu lassen. Er schrieb also ein ganzes Stück. Der Dramatiker möchte den Tanz in die Handlung einbeziehen und den Ausdruck der Gefühle durch die Musik verstärken. Die Unterhaltung steht jedoch fast nie neben der Komödie, sondern ist deren natürliche Fortsetzung. Es handelt sich also um eine vollständige Aufführung.

Während ihrer zehnjährigen Zusammenarbeit schufen Molière und Lully (mit Hilfe von Pierre Beauchamp) acht Ballettkomödien: *Les Fâcheux*, *L'Amour médecin* (1665), *Pastorale comique* (1667), *Le Sicilien ou l'Amour peintre* (1667), *George Dandin ou le Mari confondu* (1668), *Monsieur de Pourceaugnac* (1669), *Les Amants magnifiques* (1670) und *Le Bourgeois gentilhomme* (*Der Bürger als Edelmann*).

TÜRKISCHE MODE

Das Osmanische Reich (1299-1923) war zur Zeit Ludwigs XIV. sehr einflussreich; es erstreckte sich damals bis nach Österreich. Darüber hinaus ist es auch eine große Handelsmacht: Durch das Land werden Seidenstoffe, Wandteppiche, Gewürze, Rohrzucker, Baumwolle und andere Luxusgüter transportiert. Aus diesen Gründen bekämpfen einige Monarchien in Europa die Türken, während andere versuchen, sie als Verbündete zu gewinnen. Zu der Zeit, als Molière *Le Bourgeois gentil-homme* schuf, wurde das Osmanische Reich jedoch nicht mehr als militärische Bedrohung angesehen, auch wenn es insbesondere den Balkan besetzt hielt.

Wie auch immer, diese Zivilisation erregte die Bewunderung der Menschen im Westen: Sie waren regelrecht fasziniert von der Exotik dieses fernen Landes, das im Westen noch weitgehend unbekannt war. In diesem Zusammenhang entstehen die soge-nannten „Turqueries", d.h. in Westeuropa entwickelte Kunstwerke, die die türkische Kultur darstellen oder nachahmen, z.B. im Bereich der Musik (der erste Eintrag in Jean-Philippe Rameaus [französischer Komponist,

1683-1764] Ballett-Oper *Les Indes galantes* trägt den Titel «Le Turc généreux») oder der Oper: *Die Entführung aus dem Serail*, dessen Musik von Mozart [deutscher Komponist, 1756-1791] ausgearbeitet wurde; der *Türkische Marsch*, eine Sonate desselben Mozart, etc.

Unter Ludwig XIV. hatte der osmanische Sultan Mehmed IV. (1642-1693) den französischen Botschafter in Istanbul ausweisen lassen. Da er jedoch gute Beziehungen zwischen den beiden Mächten wiederherstellen wollte, schickte er im November 1669 einen Gesandten nach Versailles: Soliman Aga. Dieser türkische Gesandte blendete alle, die sich auf seinem Weg befanden; der zur Schau gestellte Prunk zeugte damals von der Macht des Sultans. Als Soliman Aga jedoch am Zielort ankam, vernachlässigte er den prunkvollen Empfang, der ihm bereitet wurde, und blickte auf die französische Monarchie herab. Dieser diplomatische Besuch hinterließ einen tiefen Eindruck in den Köpfen der Menschen. Trotz des exotischen Dufts, der den Hof noch immer fesselte, vergaß niemand die Empörung, die dieses Ereignis hervorgerufen hatte.

In *Le Bourgeois gentilhomme* taucht die türkische Mode durch die Verkleidung von Cléonte auf. Diese verleiht ihm in den Augen des bewundernden Monsieur Jourdain direkt den Status eines Adligen, der ihm sofort seine Tochter zur Frau anbietet. Sollte Molière die unverschämte Kaltschnäuzigkeit des arroganten Abgesandten rächen, der den König brüskiert hatte? Auf jeden Fall zog seine märchenhafte Posse alle in ihren Bann.

EIN KOMISCHES STÜCK

Eine Posse und eine Farce

Le Bourgeois gentilhomme kann mit der Bouffonnerie – einer Theatergattung, die ihre Wurzeln im Mittelalter hat – in Verbindung gebracht werden, da das Stück mit dem Lächerlichen und Grotesken spielt, sei es durch die Figuren (hier durch die Darstellung der aberwitzigen Ambitionen des Herrn Jourdain) oder durch Verkleidungen (z. B. das Türkenkostüm, das der Protagonist absichtlich trägt, um geadelt zu werden).

Das Stück ist aber auch Teil der Farce, dieser ursprünglich mittelalterlichen Gattung, die traditionell dem Volk vorbehalten war (im Gegensatz zur Komödie, die auf ein bürgerliches Publikum abzielt, und zur Tragödie, die ein adliges Publikum sucht) und die die lachhaften Intrigen der mittleren und kleinen Leute auf die Bühne bringt, und zwar in einem oft derben und groben Stil.

Nach seinen Reisen nach Italien wurde Molière, der in diesem Genre mit Stücken wie *Le Docteur amoureux* (1658) und später *Les Fourberies de Scapin* (*Die Streiche des Scapin*) berühmt wurde, von der populären Gattung der *Commedia dell'arte*, ihren Figuren und Methoden inspiriert und führte mehrere davon in sein Theater ein: darunter die Lazzi (akrobatische Bewegungen mit närrischen Wortspielen, wie bei der vermeintlichen Adelszeremonie des M. Jourdain) und die Komik. Jourdain, der närrische Humor und das komische Verfahren des Quiproquo. Durch seine Theaterarbeit verhalf Molière dem Genre der

Farce, das damals in Frankreich als wenig würdig für das Interesse der Bürger und des Adels galt, zu neuem Ansehen.

Vier unterschiedliche komische Federn

Komödien rufen traditionell Lacher hervor, indem sie sich auf vier verschiedene Haupttriebfedern stützen: Gesten, Charaktere, Situationen und Worte. Es überrascht nicht, dass der Dramatiker in *Le Bourgeois gentilhomme* alle diese Elemente einsetzt:

- **Die Gestenkomik** ist eine Art von Komik, die durch Bewegungen hervorgerufen wird, die zum Lachen anregen (wie das Verteilen von Schlägen). Sie ist jedoch die am wenigsten präsente Komik im Stück. Sie taucht traditionell in den Didaskalien auf oder kann vom Regisseur bei der Bearbeitung für die Bühne hinzugefügt werden. Sie tritt zum Beispiel in der ZWEITEN Szene des zweiten Aktes auf: „*Der Waffenmeister schiebt ihm zwei oder drei Stiefel hin und sagt: ,En garde!'*");

- **Die Charakterkomik** basiert auf den Charakterzügen einer oder mehrerer Figuren, die entweder durch ihre Lächerlichkeit oder durch ihr mehrfaches Auftreten im Text Lachen auslösen. Diese Komik ist im Stück zweifellos am stärksten ausgeprägt. Der Charakter von Herrn Jourdain (seine Naivität, seine Eitelkeit, sein Ehrgeiz) ist das krasseste und anschaulichste Beispiel: Während des gesamten Textes sind seine Größenwünsche Zielscheibe von Spott und werden ständig lächerlich gemacht. Die VIERTE Szene des dritten Aktes, in der der Bürger Dorante hastig Geld gibt – der ihn betrügt –, ist nur ein Beispiel für den Spott, den der Protagonist erfährt;

- **Die Situationskomik findet sich** mehrfach im Werk: Es handelt sich um eine Komik, bei der die Situation aufgrund ihres lächerlichen oder unglaublichen Charakters Lachen hervorruft. Als Beispiel sei hier die vierte Szene des zweiten Akts genannt, in der M. Jourdain die Vokale auf lächerliche Weise wiederholt, oder die wenigen Szenen, in denen der Zuschauer (oder Leser) weiß, dass Cléonte in Wahrheit der verkleidete Türke ist. Tatsächlich ist eine der bevorzugten Erscheinungsformen der Situationskomik das Quiproquo: Der Zuschauer weiß über eine bestimmte Situation Bescheid – ebenso wie einige der Protagonisten –, aber andere Figuren wissen nicht, was wirklich vor sich geht. Diese ungleiche Verteilung von Wissen hat die Aufgabe, Lachen zu provozieren. Hier ist dies der Fall, wenn Cléonte als Türke verkleidet auftritt (Akt IV, Szene VI), da der Zuschauer im Gegensatz zu Monsieur Jourdain zuvor von der Täuschung erfahren hat;

- schließlich ist auch **die Wortkomik** vorhanden. Sie äußert sich durch Wortspiele, die Verwendung ungebräuchlicher Begriffe, die Verwechslung mehrerer ähnlicher Wörter etc. So antwortet Madame Jourdain in der FÜNFTEN Szene des dritten Akts ironisch auf die Frage Dorantes, wie es ihrer Tochter gehe: « Elle se porte sur ses deux jambes. » Natürlich lädt die Verwendung eines vermeintlich türkischen Dialekts durch Herrn

Jourdain, als er Cléonte trifft, zum Lachen ein („Strouf, strif, strof, straf", 5. Akt, 4).

EINE SATIRE ÜBER DIE PARVENÜS

In vielen seiner Stücke stellt Molière die Gefahren von Exzess, Egoismus, Heuchelei und Eitelkeit dar und macht sie lächerlich – manchmal auf zynische Weise –, während er im Gegensatz dazu immer die Vorteile eines vernünftigen Verhaltens hervorhebt. So geht aus seinen Werken in der Regel eine praktische Moral hervor; und das ist auch hier, in *Le Bourgeois gentilhomme*, der Fall.

Manche Menschen kommen sehr schnell zu Reichtum und Erfolg. Sie haben dann das Bedürfnis, sich mit Luxusartikeln zu schmücken und mit allen Mitteln zu versuchen, ihren neuen Einfluss und ihre neue Macht zu demonstrieren. Doch oftmals schimmert ihre Herkunft auch hinter der neuen Fassade durch und verrät die Natur ihres Standes. Sie sind das, was man gemeinhin als „Neureiche" oder „Emporkömmlinge" bezeichnet: Menschen, die einen höheren sozialen Status erlangt haben, ohne sich dessen Manieren anzueignen.

Im 17. Jahrhundert gab es wohlhabende Menschen aus dem gemeinen Volk, und eine Minderheit von ihnen war besessen von ihrem Image, das sie in der Gesellschaft abgab. Diese anmaßenden Bürger ahmten dann diejenigen nach, die sie beneideten, und nahmen sich die Aristokraten als Vorbilder. Der Wunsch, zu blenden, schlägt manchmal in Größenwahn um.

In *Le Bourgeois gentilhomme* glaubt Herr Jourdain – wie *George Dandin*, der Held des gleichnamigen Stücks –, dass er in den Adel aufsteigen kann, indem er sich durch Geld und Bildung die Merkmale dieser Gesellschaftsschicht aneignet: Aussehen, Sprache, Kultur und Manieren. Zu diesem Zweck lädt er eine ganze Schar von Lehrern in sein Haus ein.

Herr Jourdain tut sich jedoch schwer damit, die Codes des Adels anzunehmen: Er stellt sich bei seiner Fechtstunde ungeschickt an (2. Akt, 2. SZENE), er genießt grobe Musik, die eines Adligen unwürdig ist (1. Akt, 2. SZENE), er zeigt seine Ungebildetheit, sobald er den Mund aufmacht (2. Akt, 4. Szene) usw. Er ist auch unfähig, die Codes und Praktiken des Adels anzuerkennen, indem er beispielsweise einer lächerlichen Lektion über die Aussprache von Vokalen zustimmt, anstatt eine Lektion in Physik zu erhalten (Akt II, Szene II), was ein echter Adliger, oder zumindest jemand, der mit der Welt des Adels vertraut ist, niemals getan hätte.

Herr Jourdain kultiviert seine Obsession mit dem Übermaß und treibt sie bis zur Lächerlichkeit. Man wartet auf den Moment, in dem er implodiert, wie der Frosch, der sich so groß wie der Ochse in der Fabel von La Fontaine (französischer Dichter, 1621-1695) machen will. Und Molière verspottet ihn gnadenlos, weil er sich für anders hält und versucht, über seinen Stand hinauszuwachsen. Zweifellos teilt er die Meinung, die Cléonte in dieser langen Tirade äußert:

> „KLEONT – […] *Ich finde, dass jede Hochstapelei eines ehrlichen Mannes unwürdig ist, und dass es Feigheit ist, das, was der Himmel uns geboren*

Der Bourgeois gentilhomme ist also ein literarisches Konstrukt, das komplexer ist, als es scheint, und mehrere Ebenen der Komik in Szene setzt, um beim Zuschauer Lachen hervorzurufen: Neben den verschiedenen Arten der Komik (Gestik, Charakter, Situation, Worte) eignet sich Molière ein damals unpopuläres – weil dem Volk vorbehaltenes – Genre an und verhilft ihm zu beispielloser Sichtbarkeit und Erfolg. Wie üblich schob er in seine Komödie auch Kritik an der zeitgenössischen Gesellschaft ein und lud uns so zu einer erneuten Lektüre seines Werks ein.

DENKANSTÖSSE

EINIGE FRAGEN, UM IHRE ÜBERLEGUNGEN ZU VERTIEFEN...

- Warum tritt Molière Ihrer Meinung nach erst in der zweiten Szene des Stücks mit M. Jourdain auf? Was ist der Sinn eines so späten Auftritts?

- Welche Rolle spielen die verschiedenen Meister wirklich? Inwiefern tragen sie zur Komik des Stücks bei?

- Frau Jourdain hat eine bestimmte Vorstellung von der Ehe; welche? Inwiefern unterscheidet sie sich von der ihres Mannes, Herrn Jourdain?

- Unter welchen Umständen kann man sagen, dass Nicoles Figur eine Fortsetzung der Figur der Madame Jourdain ist?

- Was ist Ihrer Meinung nach die wirksamste Form der Komik in dem Stück? Warum?

- War es notwendig, dass Dorante von der Maskerade von Cléonte und Covielle erfuhr? Was sind ihre jeweiligen Interessen in dieser Angelegenheit?

- Stellen Sie einige Ausdrücke fest, die den wahren sozialen Status von Herrn Jourdain aufzeigen.

- Charakterisieren Sie die Sprache des Dieners Covielle und stellen Sie sie der Sprache des Herrn Cléonte gegenüber. Inwiefern zeigen ihre jeweiligen Ausdrucksweisen unterschiedliche Auffassungen über die Liebe?

- Würde es der Aufführung des Stücks schaden, die Tanzszenen zu streichen? Wägen Sie die Vor- und Nachteile ab.

- Sehen Sie sich eine der Verfilmungen des Stücks an (als Film oder Theater). Vergleichen Sie die verschiedenen Versionen. Welche Gemeinsamkeiten und Unterschiede zum Text fallen Ihnen auf?

WEITERFÜHRENDE INFORMATIONEN

REFERENZAUSGABE

MOLIÈRE, *Le Bourgeois gentilhomme, Le Médecin malgré lui*, Paris, Maxi-Livres, 2005.

REFERENZSTUDIEN

DANTZIG C., *Dictionnaire égoïste de la littérature française*, Paris, Grasset, 2005.

DE BEAUMARCHAIS J.-P. und COUTY D., *Dictionnaire des grandes œuvres de la littérature française (Wörterbuch der großen Werke der französischen Literatur)*, Paris, Larousse, 2001.

POLET J.-C. (Hrsg.), *Patrimoine littéraire européen. Avènement de l'équilibre européen (1616-1720)*, Bd. II, Brüssel, De Boeck, 1996.

Deine Meinung ist uns wichtig!
Hinterlasse doch einen Kommentar auf der Seite
unserer Online-Buchhandlung
und teile Deine Favoriten in den sozialen Netzwerken!

derQuerleser.de

Literatur auf den Punkt gebracht!

Die präsentierten Inhalte werden vom Herausgeber überprüft, dennoch übernimmt dieser keine Haftung für die inhaltliche Richtigkeit, Vollständigkeit und Aktualität der vorgestellten Inhalte.

www.derQuerleser.de

ISBN digitale Ausgabe: 9782808686778
ISBN gedruckte Ausgabe: 9782808698177
Pflichtexemplar: D/2023/12603/1097

Cover: © Plurilingua
Logo: © Graphicrepublic (Freepik.com) und Plurilingua

Digitale Aufbereitung: Primento, der digitale Partner der Herausgeber.